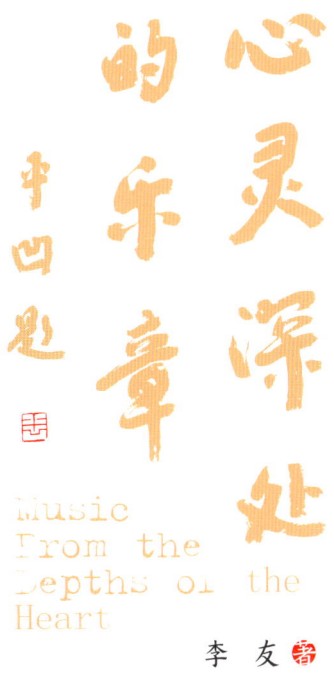

Music From the Depths of the Heart

李 友 著

陕西新华出版
太白文艺出版社·西安

图书在版编目（CIP）数据

心灵深处的乐章 / 李友著. -- 西安：太白文艺出版社，2023.12
ISBN 978-7-5513-2507-3

Ⅰ. ①心… Ⅱ. ①李… Ⅲ. ①诗集－中国－当代 Ⅳ. ①I227

中国国家版本馆CIP数据核字(2023)第225496号

心灵深处的乐章
XINLING SHENCHU DE YUEZHANG

作　　者	李　友
责任编辑	姚亚丽
书籍设计	单于津
内文插图	郁　今
出版发行	太白文艺出版社
经　　销	新华书店
印　　刷	陕西龙山海天艺术印务有限公司
开　　本	889mm x 1194mm 1/32
字　　数	89千字
印　　张	6
版　　次	2023年12月第1版
印　　次	2023年12月第1次印刷
书　　号	ISBN 978-7-5513-2507-3
定　　价	88.00元

版权所有　翻印必究
如有印装质量问题，可寄出版社印制部调换
联系电话：029-81206800
出版社地址：西安市曲江新区登高路1388号（邮编：710061）
营销中心电话：029-87277748 029-87217872

我等待着,等待着花开,等待着叶落,
等待着春去秋来,等待着雨雪风霜……

　　李友,笔名三亭,1974年出生于河南省扶沟县。中国民主建国会会员,陕西省作家协会会员,陕西省书法家协会会员,陕西省于右任书法学会理事。1994年就读于西北大学中文系作家班,同年开始发表文学作品。2010年毕业于东北财经大学,获法学学士学位。曾在西安市城乡建设委员会主办的《西安建设报》任记者和美术编辑。现供职于西安市住房和城乡建设局。

　　至今已在《中国电视报》《中国文艺家》《中国石油报》《南方文学》《陕西农民报》《文化艺术报》《西安晚报》

《华商报》、搜狐、百度、今日头条、中国诗歌网等全国二十余家报刊、网站发表诗歌、散文、人物通讯、摄影、书法作品等各类体裁近三十万字(幅)。其书法作品多次入选全国性展

览作品集并多次获奖。2005年6月,作家出版社出版其散文集《人行丛林》,2006年5月,中国文联出版社出版其诗集《梦

想的天堂》。2006年,其个人传略被文物出版社收入《陕西文化名人大辞典》一书。2020年11月,《中国文艺家》杂志刊文《行走在点线之间 —— 李友其人其书》。2022年12月,陕西人民美术出版社出版《流淌的心迹 —— 李友书法集》。

(文中图片为作者不同时期照片,依序为:27岁、20岁、32岁、46岁)

序 一

可贵的人，他以诗歌生活

把生活等同于诗歌，把生活当作诗歌去追求、去经营、去拥抱、去奔赴、去捍卫的人，很少见，但李友就是这么一个人。李友的诗稿《心灵深处的乐章》放在我的案头快有一年了，我把这部诗稿认真阅读了两遍：上半年顺着读了一遍，下半年倒着读了第二遍。当我读了他的诗歌之后，我认为李友就是这么一个试图以诗歌为伴的、具有特殊灵魂和自我状态的人。

这是一个个性深处蕴含着罕见的个人能量和冲动的人，每时每刻都试图用诗的情感面对一切，而且其情感的浓度、深度和广度几乎能波及一切，自然风物、社会人生、友情爱情、历史人文、世界局势等，真正是包罗万象。诗歌热烈、清纯、执着、赤诚，即使很多时候他是力不从心的，他也毫不掩饰自己的笨拙和真挚，敢于出手，毫不露怯。在我看来，某种程度上，他始终保持着一种清醒的出击状态；一种野心勃勃的、干预性很强的状态；一种试图抵达触及甚至挑战时代、现实、自我和生活的一切领域的不自量力、横冲直撞的状态；一种在诗歌和生活之间公然混淆了界限并进行必要的文本定义，却令人震撼的，需要使出上气不接下气的劲头才能赶得上其节拍的状态。这是一个要对一切问题发表个人意见的人，而这已超出了诗歌这一绝对性文体的人文属性及其对于人类理性的担当预期。

当然，热衷于大社会主题和强度干预生活的同时，李友的诗歌其实也做了很多努力，在生活深处敏锐地开掘和发现大主题的切入点，要把宏大的主题和社会性大题材表达落实在个人化情感和体验的基点上。在《星光之恋》这首诗中，开头一节"你永远不知道／在遥远的地球／有一个满腔热情的人／仰望着你的光辉"，把开口很大的题材和主题直接收束和囊括在切口很小的、悲悯和自怜兼得的生命体验之中，令人怦然心动。我还特别注意到一个现象，就是在这部诗稿中，爱情诗占了很大的比例，至少有五分之一，而且写爱情诗的风格和社会题材类诗歌的风格迥然有别：写社会人生题材壮怀激烈，抨击丑陋，用笔犀利；而爱情诗却写得温情含蓄，缱绻情深。《爱语》这首诗的最后一节是"我不相信有来世／今生有你足矣／在我的生命里／你是唯一"，"我不相信有来世"，这一句够决绝，透露出一种不同于传统情诗的盟誓流俗，也把对爱的执着忠贞建立在深度自我式的生命体验之中。还有一首题为《那杯深情的酒》的情诗，酒和酒杯的意象用得出其不意，古今中外写酒的诗车载斗量，但大多以酒言志，纯粹以酒言情的非常少，这首诗在酒和酒杯意象的关系设置与柔情蜜意的爱情境界之间进行了非常具有个性化和体验感的开掘处理，体现了处理泛化题材和主题的不落俗套与别出心裁。

下来着重谈谈李友诗歌的激情问题。如果要用一个关键词描述李友诗歌的最主要特征，那就是激情。我与李友素昧平生，但这些文字摆在眼前，这些戴着诗歌面具的文字再清楚不过地表明，他一定是一个拥有滚烫的岩浆般激情的人，一个把生活激情化的能力很强的人，甚至也可以说他是一个被激情困住的人。漫无边际的激情像海水席卷着孤岛一样无休无止地席卷着他，而此种人生和生命情景之中，他选择了以诗歌生活。现代艺术或者说诗歌艺术的现代性否定激情，因为泥沙俱下的激情有可能是简陋粗俗的。很多现代主义的大师都在反对或反感激情的滥用，因为它们去文学化，媚俗苟且，虚张声势，丧失精确回应事实的良知，背叛了忠于真相和人性的修辞正义原则。米沃什、布罗茨基、米兰·昆德拉、博尔赫斯、庞德、鲁尔福都在反对激情，国内也有很多人反对了很长时间，反对激情几乎是现代艺术内部秘而不宣的普世潮流。但也有人并不反对激情，卡尔维诺、佩索阿、索德格朗、阿多尼斯、阿米亥、聂鲁达就不反对激情，或许他们是用另外一种策略在强调，激情依然是艺术的本质，只是它们正在面临着古老传统和现代性进程相互交织的新的升华难度而已。很显然，如果人类依然是人之所以为人的人类，人类需要激情，人性需要激情，当然现代艺术与它的现代技巧一同觉醒和成熟同样也需要激情。在此意义上，我倾向于认可和赞成李友的激情，我看到了他把激情作为素材和视角的努力，我看到了他对激情进行的力所能及的自我体验性处理，我觉得他本人的某种激情状态比诗歌本身更像诗歌，这个时代仍然有如此纯粹地执着于激情的人，煞是可爱。

在这样一个趋向激情衰弱、内心走空、精神无着的时代，李友，他用诗歌开发激情、记录激情，他在诗歌里寻找激情，他用诗歌这种技术含量要求很高的文体款式珍重和赞美激情，真的很珍贵。因为今天有激情的人太少了，保持激情太难了，就像濒临绝境的珍稀物种一样稀罕和难以给养。

李友的诗集《心灵深处的乐章》就要出版了，他希望我能为此说些什么，他渴望有机会和我讨论诗歌。李友，感谢你耐心且执着地等了这么久，有机会咱们见面聊。

2023年10月15日

（阎安，当代著名诗人，中国作家协会全委会委员，中国诗歌学会副会长，陕西省作家协会副主席，《延河》杂志社社长兼执行主编，中宣部全国文化名家暨"四个一批"人才项目入选者。历获鲁迅文学奖等多种文学奖项。）

序 二

流淌"小我"与"大我"情怀的诗意读本

—— 读李友诗集《心灵深处的乐章》有感

赵凯云

癸卯年初收到李友兄的书法作品集《流淌的心迹》签名本，该书由陕西人民美术出版社出版，印制精良，装帧考究，放眼望去布纹面的封面就很具质感，还未打开便被其浓郁的书香气息和雅致的艺术品位所吸引。翻阅书页，扉页上严谨而不失潇洒、灵动而不失庄重的题签与恰到好处的钤印让我感佩。欣赏着集子中的书法作品，更是一种艺术享受。有心人，天不负，三十多年的书艺坚持，终结出了这累累的硕果，着实替他高兴了好一阵子。不久又收到他发送来的诗集《心灵深处的乐章》电子版，嘱咐我为他即将出版的第二本诗集写点文字。读着电脑上的文本，心中感慨颇多，这是一个怎样用心用情于理想而孜孜追求的人啊！四十余年的光阴，还未将他青春时在心底许下的那份豪情磨平，这需要有一颗怎样强大而坚忍的心啊！

与李友兄的友谊可以追溯到本世纪初,那时我大学刚毕业,还蜗居在陕师大旁的瓦胡同村。我在一家杂志社上班,他则在一家报社做采编工作。我住城南,他住城北,为了生计我们很少见面,却一直关注着彼此的生活和创作。他闲暇时常安于斗室写字、作文,不大喜欢去嘈杂的场合闹腾。我们都是从丁仁祖先生创办《中学生文萃》之初成长起来的校园作家,因为文学,我们常常在朋友间举办的文学活动中见面和交流。他内敛儒雅的个性给我留下了很深的印象,我被他满腹的才华和精湛的书艺所折服。

通读他的诗集,被他文字中流露出的真情打动着,被他诗歌中所散发的悲悯、热爱、光明和执着感染着。李友的诗歌是多元化的,主题表达是多样的,表现手法更是在不断地求变,有的诗作很具音乐的韵律美,还有的颇具信天游的浪漫,他的一些诗歌在思想上具有寓言式的隐喻性,又不乏旗帜鲜明的宣告性和警示性。李友的诗没有轻佻、圆滑和世故,更没有流于形式的浅薄和浮夸,只有满腔的真诚。他的诗歌有生活的质感,也有历经生命沉淀后的超脱和铿锵有力的达观。他的诗歌中闪耀着小我、大我、真我的光芒。他自始至终都有自己对生活的领悟和解构,有对自我生存现实的关注,有对大我命运的观照,也有自己对这个世界的思考和追问。他着眼于"小我",而立足于"大我",将个人命运与家国情怀融为一体,互为表里,从而生发出真我的性情。既有视角小,切入低,有温度,带血性,表具体，推心腹，有人情，给人以情感共鸣的"小我"的真实细腻；也有高眼界，大气象，忧天下，指点江山，激扬文字，大开大合、黄钟大吕般的"大我"的赤子情深。

他的骨子里不仅秉承了传统文人士子心系天下的忧患意识，也生发着浓烈的家国情怀。他时而柔情似水、甜言蜜语，时而热情似火、真挚坦荡。这些颇具生活化的情感细节在《父爱》《夙愿》《与你相遇》《我爱你》《你我的一片天》《爱你如初》《相守一生》等写给爱人、儿子、友人的诗歌里表现得尤为明显和深刻。他时而激情澎湃、铿锵有力，时而爱憎分明、立场坚定。这些寄托了家国情深，呈现大胸怀的情感在《地震感怀》《嫦娥奔月》《冰雪情》《爱没有距离》《奥运中国》《影片〈南京大屠杀〉观后感》《全球气候变暖》《旗帜》《空中卫士》《延安颂》《北斗卫星》《黄河壶口瀑布》《致敬消防英雄》等写给祖国、民族、故乡、社会乃至整个人类命运走向的诗作中凸显得更为强烈。他时而静坐禅悟、思考人生，时而高蹈欢歌、追古怀今。这些或热言或冷语闪烁着思想光辉的诗句，在《书法的眼睛》《昭陵六骏》《正义与邪恶》《乾陵无字碑》《理想者》《赌徒》等诗作中表现得尤为淋漓尽致。他爱亲人，爱朋友，爱每一个默默前行的人；爱祖国，爱民族，爱人民，爱为时代进步而付出努力的每一个人；爱花草树木，爱虫鱼鸟兽，爱每一条生生不息奔赴远方的河流。他为英雄塑像，为每一个平凡的奋斗者铸魂。他憎恨丑恶事物，痛恨无知的伪善者、无耻的侵略者,为弱小的生灵奔走、呼号,为迎难而上的逆行者祈福、呐喊。

他站立苍茫的人世间,叩历史之追问,发时代之忧思,追未来之探寻。他心细如发,一往情深。他在写给妻子结婚十五周年的诗歌中,既温文尔雅又斩钉截铁:"你似玉姬的化身 / 拨动着美丽琴弦 / 荡着爱舟 / 向我驶来 // 不惧艰难 / 不怕闲言 / 并头一起 / 共渡凡间 // 匆匆十五载 / 深深万千爱 / 已出淤泥 / 不惧骄阳。"语言朴素,却有着扣人心弦的力量。好的诗,就应这样,看似波澜不惊,却是暗流涌动;看似简单平常,却又沁人心脾,令人久难忘怀。面对生活的磨难,他用坚定的信念写下:"生命从不轻弃 / 天平之心从不偏移 / 脚踏实地立身天地。"面对强权侵略的恶霸行径,他用异常冷静的笔触写道:"我不想看到亲人的眼泪流淌 / 坚船利炮改变不了我的立场。"面对人生无常、岁月无情,他不放弃,仍要坚守心中的信仰:"站在苦海的彼岸 / 百倍地冷静 / 仍止不住血液沸腾的激情 / 与苦难斗争。"人到中年,他仍像少年时一样对未来充满信心:"不要感叹权威和荣禄 / 只要心中的理想不被摧毁 / 卸下为人那痛苦的镣铐 / 厚重的历史能给予我希望的宏图。""海浪打不碎我远航的梦想 / 狂风吹不动我山一样的心绪。""我的精神越过云霄 / 像云雀自由地飞。"诗人有时就是这样,对于精神的求索大于物质的追求,对于生命的追问大于生活的本身。"万物不停地报告春的信息 / 欢快的田野上幸福在奔跑 / 彩云荡着春风掠过绿茵／遍地播撒快乐的种子。"生活中有时会乌云密布，其后又给予了我们很多光明；给了我们很多困苦，同时又带给了我们很多希望。

他同时在时刻提醒自己，不论何时，人都要不忘初心，不忘根本。面对生养自己的祖国和民族，他的血液里迸发出无上的自豪、幸福和光荣："五千年 辉煌灿烂／像一条巨龙盘踞／在地球的东方／熠熠生辉 光照寰宇／／长江黄河绵延其间 如流动的血脉／秦岭昆仑太行顶天立地像是坚挺的脊梁／三山五岳像抱在胸前的沉甸甸的谷穗／万里长城环绕盘旋像舞动的丝带……那是无数华夏子孙／用生命不断书写的中华文明。"生逢和平盛世，多么幸运，我们要满怀感恩地前进，为更美好的明天而努力奋斗。"树高千尺／不是为了显示高大／苍翠挺拔／只是为了后人遮风挡雨。"读着这样的诗句，你是否会被一种博大的胸怀和情感而感染？他在乎的不是个人得失，而是群体命运的成长和延续。这是一个站立在天地间的思想者和实践者；这也是一个为大爱在人世间奔走的传承者和布道者；是一个有着真性情、真自我的诗人。他这样向太阳致敬："虽有八大行星环绕／你也从不迷失自己／更不过度亲密／始终保持安全距离／从不产生交集。"每个事物都有每个事物的使命，每个时代有每个时代的责任，各司其职，做好自己，不强加干预，既是对其他生命的尊重，也是对其他生命的保护。

这样的灵魂是孤独的、忧伤的，这样的人格是高尚的、隽永的。由衷感谢李友兄带给我的全身心的阅读感动,也同时感谢他带给我的全方位的精神洗礼。

在读到他妻子高春青女士写给李友的《青眼望吾友》一文时,我越发相信:人的福分是上辈子修来的,心有灵犀的伴侣是上天派来的。只要你有一颗光明和坚守的心,幸福的生活就会将你环绕。

再次为他在诗歌和书艺上的收获而感叹,更为他有一位情投意合、蕙心兰质的妻子而赞叹!

深深祝福!

2023 年 4 月 16 日

(赵凯云,诗人、词作家、音乐电影导演。陕西彬州人,长居西安。陕西省作协会员。在《星星》《散文诗》《青年作家》《延河》《黄河文学》《打工文学》等期刊发表大量作品,作品入选多种选本。先后获第 25 届全国鲁藜诗歌奖、第三届屈原诗歌奖、第三届陕西青年诗人奖、首届西北文学奖等。诗集《豳州书》获陕西省文学基金会优秀作品扶持。)

目 录

2007

- 剑   3
- 书法的眼睛   4
- 昭陵六骏   6
- 嫦娥奔月   9

2008

- 冰雪情   13
- 爱没有距离   15
- 霞光   17
- 地震感怀   19
- 奥运中国   21

- 父爱　　　　　　　　　　23
- 记者　　　　　　　　　　25
- 影片《南京大屠杀》观后感　27
- 文房四宝（组诗）　　　　29

2009

- 爱语　　　　　　　　　　35
- 电话　　　　　　　　　　36
- 夙愿　　　　　　　　　　37
- 青青的麦苗　　　　　　　38

2010

- 与你相遇　　　　　　　　41
- 我爱你　　　　　　　　　42
- 理想者　　　　　　　　　44
- 祈祷　　　　　　　　　　45
- 全球气候变暖　　　　　　47

2013

- 风情　　　　　　　　　　51
- 诗人的爱　　　　　　　　52

目录

2016

- 止不住的悲伤　　55
- 爱你如初　　57
- 那杯深情的酒　　59
- 相守一生　　61
- 追梦的心　　62

2018

- 你我的一片天　　65
- 心灵的恋人　　67
- 雾霾　　69

2019

- 致青春的背影　　73
- 黄河壶口瀑布　　75

2020

- 旗帜　　79
- 归来　　81

- 吸烟者　　　　　　　　　82
- 赌徒　　　　　　　　　　83
- 延安颂　　　　　　　　　84

2021

- 我的诗为你绽放　　　　　89
- 感　　　　　　　　　　　91
- 党啊，我亲爱的党！　　　92
- 老家河南　　　　　　　　95
- 月亮之思　　　　　　　　97
- 恋人的头发　　　　　　　99
- 纪念"杂交水稻之父"袁隆平　100
- 空中卫士　　　　　　　　102

2022

- 佛和人生　　　　　　　　105
- 魅力西安　　　　　　　　106
- 一粒沙　　　　　　　　　108
- 正义与邪恶　　　　　　　109
- 结婚十五周年记　　　　　110
- 野草　　　　　　　　　　111
- 永远的爱　　　　　　　　113

目 录

- 鹰　　　　　　　　114
- 爱情说　　　　　　115
- 太阳　　　　　　　117
- 星光之恋　　　　　119
- 我是一棵树　　　　121
- 林中小路　　　　　123
- 清晨散步　　　　　125
- 春天　　　　　　　127
- 我的祖国　　　　　128
- 美丽花火　　　　　129
- 北斗卫星　　　　　130
- 痛风有感　　　　　132
- 中年感言　　　　　133
- 乾陵无字碑　　　　134
- 致敬消防英雄　　　136
- 秋叶　　　　　　　139
- 寒露　　　　　　　140
- 十月　　　　　　　142
- 祛疾　　　　　　　144

2023

- 情人　　　　　　　147
- 脸　　　　　　　　149

- 因你而精彩 　　151
- 缘分 　　153
- 晚霞 　　154
- 城市之眼 　　157
- 股市情迷 　　159
- 阴郁的五月 　　161

跋

- 青眼望吾友 　　163

后记 　　167

2007年 ♪

剑

经过多次淬火

锻打 研磨

冷水击面

方为良材美器

虽说锋利无比

吹毛可断

可无意斩杀生灵

而只想做一把除暴安良的剑

我能看见血色飞溅

但看不到比血腥更可怕的

人世间的那把

不见血的 剑

　　　　　　　2007 年 6 月 6 日

书法的眼睛

抽象的符号
连接心灵与心灵的介质
没有强烈的感情
却代表最真诚的语言

心灵中的图腾
幻想有超自然的力量
崇拜意识萌芽
装饰特殊的美

走进血与火的青铜时代
威严的身躯
挥舞粗拙的小手
告别未成熟的少年

虽童心未泯
却梦想雄浑博大的世界
让生命永存
满目琳琅的石群

蜕化世俗赞叹

雄强的气质

蕴藏的时代神韵

淹没在方与圆的长河

览天地之心

推圣人之情

尚法的尚法

尚意的尚意

艺术变化着枷锁

完善　优美体态

意境不同

难觅一个不变的标准

美　用僵硬的嘴

理论

还是用发现的眼睛

心领　神会

2007 年 8 月 7 日

心灵深处的乐章

昭陵六骏 ①

我躺在冰冷的石床
回想昔日的荣光
披肝沥胆闯四方
刀光剑影立功沙场

面对你残裂不全的身躯
我百感交集泪如雨下
活着　东奔西跑
死后　依然不得安息

我痛恨那双罪恶的黑手
夺走我追寻的梦想

---

① 昭陵：位于陕西礼泉县，是唐太宗李世民与文德皇后长孙氏的合葬陵墓。"昭陵六骏"是安置在昭陵北面祭坛东西两侧的六块骏马青石浮雕石刻。每块石刻宽约2米，高约1.7米。六骏是李世民在唐朝建立前先后骑过的战马，六匹战马，分别名为"白蹄乌""青骓""什伐赤""特勒骠""飒露紫""拳毛䯄"。为纪念六匹战马，李世民令工艺家阎立德（阎立本之兄）和画家阎立本，用高浮雕手法雕刻六匹战马列置于陵前。其中"飒露紫""拳毛䯄"二骏于1914年被盗，现存费城宾夕法尼亚大学博物馆。

我憎恶那颗贪婪的心
吞噬我艺术的情感

无论我走到哪里
永远不会遗失
大唐的气韵
和勇者的精神

2007年10月9日

嫦娥[①] 奔月

飞越万里　为你
朝思与暮想
我来了　咫尺相视
亿万年的神秘
娇容　月貌
你竟是这样沧桑与苍凉

不要怪我唐突
其实我们并不陌生
只是相距太远
　没有亲密交流的机缘

没有欢迎的言语
没有响亮的锣鼓

---

① 嫦娥：嫦娥一号。这是中国自主研制并发射的首颗绕月探测卫星，第一次实现了绕月飞行和科学探测。2007年10月24日18时05分，长征三号甲运载火箭托举着嫦娥一号绕月探测卫星在西昌顺利发射升空。11月26日，中国国家航天局正式公布嫦娥一号卫星传回的第一幅月面图像。嫦娥一号设计寿命为一年，执行任务后将不再返回地球。

只有借道的光
引我步入你的天宫

为了美丽的梦想
无数科研人员潜心研思
从没有停下追逐的脚步
我没有理由辜负

拥抱我吧
熟悉而又陌生的情人
我对你深深的爱意
永远追随着你

2007 年 12 月 2 日

2008 年

冰雪[①]情

你翛然而来
带着无情和灾难
袭击人间

寒风肆意狂舞
大地一片灰暗

绿衣使者[②]
如闻号角
翩翩而降

凭着顽强坚韧的大勇
怀着心系苍生的大爱
攻坚克难　消除冻害

---

① 冰雪：从2008年1月10日到2月2日，我国南方地区先后出现四次大范围低温雨雪冰冻过程。多数地区为50年一遇，部分地区为百年一遇。电力设施严重损毁，交通运输一度严重受阻，电煤供应告急，农业生产遭受重大损失，灾区工业企业大面积停产，灾区群众生活受到严重影响。
② 绿衣使者：指人民解放军、武警官兵、公安民警。

心灵深处的乐章

一个民族的凝聚力
一曲曲动人的歌
唱响中华大地

奉献① 牺牲②
英勇无畏
让我感受到生命的可贵
人间的大爱

2008年2月27日

---

① 奉献：在抗灾救灾中全国各地的单位和群众的无私奉献。
② 牺牲：在抗灾救灾中有数十位英雄烈士牺牲。

爱没有距离

——献给"5·12"① 地震中遇难的同胞

眼望失色的天空
我泪眼蒙眬
回想昔日的云彩
我心如刀绞

渴望你的身影再次出现
渴望你的乡音再次响起
想起碎心的"杀手"
我黯然神伤

我不相信爱有距离
我坚信心与心能靠近
燃烧的热血
温暖最可爱的人

山河编织花环

---

① 2008年5月12日下午2点28分，在我国四川汶川发生了里氏8.0级强烈地震，数以万计的同胞在地震中遇难。

悼念逝去的同胞

心连心祈祷祝福

手牵手架起爱的桥梁

2008 年 5 月 19 日

霞光

每天我睁开眼睛
最迫切想见到的是你
一道道金色的光
洒落在我心底

我深情地望着你
不言不语
是你用柔情温柔地
照亮窗几

我的幸福在渐渐飞起
飞向你热恋的故里
你不断地变幻超凡的魅力
让风带给我阵阵笑语

我在长江黄河等你
我在五岳的山顶等你
只为你　只为你
那惊鸿一瞥的美丽

2008年5月28日清晨

地震感怀

积郁在地心深处的痛苦
压抑太久
激情散放
来自地狱的魔力

夹缝中生存
难以为继
别无选择的空间里
散播一次次呻吟的咒语

无数同胞在你的魔掌里睡去
泪水冲刷记忆
今生有缘相遇
来世别再费力

活在你的伤痛里
无法治愈
鲜血染红的魔语
时刻深印在我心底

心灵深处的乐章

我不想纠缠你
却又难以忘记悲痛的经历
如能探寻你的奥秘
我愿用生命换取

2008年6月12日

奥运[1] 中国

五色的花装点神州大地
盛装迎接来自世界的姐妹兄弟
热情的中华儿女
齐唱庄严序曲

火一样的激情
染红中国
水一样的温情
服务你我

舞动的中国印
向世界庄严承诺
不朽的奥运精神

---

[1] 奥林匹克运动会起源于古希腊,因举办地点在奥林匹亚而得名。传说古代奥运会是由众神之王宙斯所创始的。首届古代奥运会于公元前776年举行,到公元394年共举行了293届。运动会每隔1417天即4年举行一届。古代奥林匹克运动会停办了1500年之后,法国人顾拜旦于19世纪末提出举办现代奥林匹克运动会的倡议。1894年成立奥委会,1896年在希腊雅典举办了首届现代奥林匹克运动会。2008年在中国北京举办第29届现代奥林匹克运动会。

永驻中国的苍穹大地

五彩祥云笼罩中国
正是巨龙苏醒的时刻
吸引世界的目光
让世人看清中国的颜色

2008年6月18日

父爱
—— 写给儿子

第一次见你

注定要一生爱你

你是我梦想的延续

更是我生命的唯一

牙牙学语 蹒跚学步

基因是无形的烙印

滔滔奔流的血脉

我们生生不息传递的爱

想为你实现全部梦想

但　我没有超能力

广阔的天地

凡事靠自己努力

无论你在哪里

爱的牵挂永远追随你

无论你有多大委屈

生命不应轻弃

天平之心不容偏移

脚踏实地立身天地

国家的利益 健康的身体

永远第一

2008年6月19日

记者

我是无冕之王
我肩负使命道义
我唇尖舌利为民意
我为民鞭挞邪恶目光犀利

我的话语源自民众之意
我的行为不能超越法律
带着正义之心
探寻真实本质

哪里有奇闻逸事
哪里就有我的足迹
雪雨风霜　枪林弹雨
我用生命作答

我视真相如我的生命般无价
不能掺杂丝毫的虚假
金钱美色利诱　刀枪恐吓要挟
阻挡不了我寻找真理的步伐

不卑不亢四方为家

业精于勤妙笔生花

时代的美善丑恶我来深挖

真实地记录历史我责任重大

2008年7月14日

影片《南京大屠杀》观后感[①]

闭上眼睛
脑海里满是同胞的魂灵
土匪　强盗
什么词语都无法形容

丑恶的行径
难以与人类对等
骂它禽兽什么的
也难以平息我的愤怒

屈辱的冤魂
在祖国的大地上
找不到一处安息之地
痛心的经历必须铭记

[①] 2014年2月27日，十二届全国人大常委会第七次会议通过决定，以立法形式将12月13日设立为南京大屠杀死难者国家公祭日，表明了中国人民反对侵略战争、捍卫人类尊严、维护世界和平的坚定立场。

虽说历史已经远去
但留下的伤痕无法抹去
痛心啊　昔日国弱被动挨打
铭记吧　勿忘国耻强我中华

2008年10月5日

文房四宝（组诗）

笔①

千毫万毫选一毫
尖齐圆健品德②好
鼠狼兔羊各显力
腰杆挺挺世间立

五谷杂粮我不弃
婀娜多姿舞神奇
梦里铁画数银钩
丹青岁月度春秋

---

① 笔：指毛笔，初用兔毛，后亦用羊、黄鼠狼、鸡、鼠等兽毛制成的笔。分硬毫、兼毫、软毫。相传第一支毛笔是秦将蒙恬创造的。据考古发掘长沙左家公山战国楚墓出土的毛笔实物，可知早在战国时期就有了毛笔。而从新石器时代仰韶文化遗址出土的彩陶，更是可推测出仰韶文化时期既已出现了原始毛笔的雏形。
② 德：指毛笔的品德，一支好的毛笔应具有尖、齐、圆、健"四德"。

心灵深处的乐章

墨①

缕缕青烟化作尘
细腻润泽如墨金
落笔有形化神奇
解得世间千万意

形制各异工艺精
名士文人视如宝
笔墨依存彰雅趣
无价墨迹道古今

纸②

万物丛中寻机生

---

① 墨：墨是由碳素单质（烟、煤）与动物胶调和，并掺以贵重香料、金箔等，经数道繁复工序加工而成。如桐油、漆烟墨等高级墨品，需加入麝香、冰片、樟脑、珍珠等十几种贵重原料制成。《述古书法纂》中有关于墨的记载，西周的周宣王时期，刑夷开始制墨。
② 纸：指宣纸，是中国传统的古典书画专用纸。因产于宣州府（今安徽宣城），故称"宣纸"。宣纸的最早记载见于唐，迄今已有1000多年的历史。宣纸以青檀皮和稻草为主原料，经蒸煮、发酵、漂白、漂洗、捣浆、抄纸、烘干等十几道工序后制成。

换得如花似玉身

轻灵缥缈风流彩[1]

不为名利留千载[2]

能屈能伸骨气藏

绵里藏坚耐久长

美丑皆可掩卷睡

冥冥幽梦忽还乡

砚[3]

冷冷石床寂寞躺

黑黑世界多悲凉

---

[1] 彩：指纸的颜色。据甘肃敦煌悬泉置遗址考古发现，汉武帝时期至西晋，古纸的颜色和质地非常多，有黑色厚、黑色薄、褐色厚、白色薄、黄色厚等八种纸。
[2] 千载：据说有人花了数年时间，对宣纸等七种不同的纸进行了老化试验。结果测出，新闻纸的寿命是150年，书写纸的寿命是400～500年，铜版纸的寿命约700年，宣纸的寿命高达1050年。
[3] 砚：唐以前有石、陶、铜、漆、玉、瓷砚等。自唐始，确立了石砚的主体地位，并形成了端石、歙石、红丝石等品系。宋砚最终确定了我国砚史上四大名砚端、歙、洮和澄泥的地位。砚在原始社会是一种研磨器，公元前8000 — 前5000年的新石器时代早期就已出现了。1980年，在临潼姜寨新石器时代的仰韶文化遗址中就发现一块石砚，这件5000多年前的文物被视为中国砚的"始祖"。

心灵深处的乐章

偶有知己来相遇
胸中不平诉衷肠

金星银星龙尾星[①]
隆冬槽中不结冰
澄结细泥烧制成[②]
呵气渗出墨珠映[③]

2008年10月8日

[①] 金星银星龙尾星：指歙砚的特点之一。歙砚石产自今江西婺源之龙尾山，因地处古时的歙州，所以叫歙砚，也叫龙尾砚。砚石中细粒点状分布的黄铁矿物即是所谓的金星银星。
[②] 澄结细泥烧制成：指澄泥砚是澄泥经淘洗澄清后，入窑烧制而成的。
[③] 呵气渗出墨珠映：相传某年洮州少年上京赶考，匆匆行路，入考场仅带洮砚而未携墨，遂口呵砚床，墨珠即刻渗涌，然后挥毫答卷，一举考中头名状元。从此，洮砚誉满天下。

2009年♪

爱语

我不知多少次
在心底里呼唤你
止不住的情意
洒满我心底

我不知多少次
在梦里遇见你
火一样的相思
燃烧我脑际

自从有了你
生活充满情趣
容颜虽会老去
爱的誓言永不变异

我不相信有来世
今生有你足矣
在我的生命里
你是唯一

2009 年 5 月 25 日

电话

道一声平安
慰藉牵挂的思绪

道一声欢喜
千万里为你贺喜

喊一声救命
多一点生命的希冀

道一声　道一声……
缩短时空的距离

虽然看不到你的踪迹
但我时刻需要你的信息

2009年9月9日

夙愿

我的爱在心中奔涌
像含苞的花开满花丛
默默地靠近
迸出四溅的火星

当你唤起我的爱恋
我为生命许下诺言
想留一点芳香驻留世间
希望逐渐变得邈远

我在心底里寻找另一种爱
阳光和雨露相伴
无论酷暑还是严寒
我都虔诚地赶往圣殿

追寻生命的根源
托起我沉重的心愿
重新扬起风帆
天堂美景就在眼前

2009 年 9 月 13 日

青青的麦苗

有过多少严寒风霜
春的笑脸依然徜徉在我心底
在你的生命里
有我殷切的期许

青青的绿衣
舞动春的旋律
遭受风雨灾害
依然宁死不屈

当青涩渐渐褪去
金色的收获铺满大地
一张张喜悦的笑脸
洋溢在祖国广袤的疆域

2009年10月15日

2010年

与你相遇

你我相识的时候
我贫穷而且事业不佳
仅有的一点才华
也许是你倾心的砝码

我曾多次奋发
想给你奔驰的骏马
希望让你的生活
锦上添花

我爱你　却总是一言不发
在这物欲横流的时下
我的话　也只有你
相信它

你像金灿灿的朝霞
浸染我的心窝
让我们怀着希望生活
无论生死　无论天涯

2010 年 10 月 7 日

我爱你

一

我爱你
不管有多大风雨
我都会在风雨中等你

我爱你
已记不清多少次在梦里
呢喃呓语

我爱你
每次　话到嘴边
却找不到诉说的勇气

我爱你
不管你走到哪里
永远深印在我心底

二

我爱你胜过爱我自己
和你一起体会爱的点滴
我永不忘记

如果时间侵蚀你的美丽
我并不在意
我会为我一如既往爱你而欢喜

我不相信来生相聚
只要你我相爱
今生有你　足矣

      2010 年 10 月 18 日

理想者

我不能这样作践我的理想
虽然生计的问题让人气愤不畅
但我有我的主导和让理想不灭的欲望

我曾羡慕这人的权威那人的思想
但我不会迷信和盲从
我从容坚定　不畏他人目光
理性给我力量

我曾羡慕这人的才华那人的风光
但我相信那只是短暂的时光
别忘了失意时的模样
人生走到底　都一样

2010年12月8日

祈祷

"不屈的意志"气焰嚣张 ①
和平的趋向雪上加霜
狐假虎威的伪装
吓不倒我坚强的国防

挥之不去的恐怖和悲伤
随着夜莺的翅膀
飞向何方
飞向何方

我不想看到亲人的眼泪流淌
坚船利炮改变不了我的立场
谈谈打打　打打谈谈　终究会谈出名堂
搁置争议　亲如兄弟　把苦难和悲伤埋葬

2010 年 12 月 21 日

---

① 2010 年 7 月 28 日，韩美两国结束了在韩东部海域的"不屈的意志"联合军事演习。美国"乔治·华盛顿"号航空母舰、号称亚洲最大的韩国"独岛"号两栖舰及"文武大王"号和"崔永"号韩国型驱逐舰和两国潜艇等 20 多艘舰艇，于 25 日驶离釜山港和镇海港，前往演习海域会合。美国 F-22"猛禽"战斗机和韩国 F-16、F-15K 等 200 多架飞机也参加了演习。

全球气候变暖[①]

我听到北极和喜马拉雅的哭声响彻天地
恐惧这水做的身躯支撑不了几许
漂泊流离的魂灵寻找安息
喋喋不休的指责多于同情的泪滴

我不想让地狱的幽灵毁灭我的身躯
我不想让金色的朝霞逐渐褪去
放开眼界 不要计较经济利益
人类的诅咒会使恶魔躲进地狱

[①] 全球气候变暖是一种和自然有关的现象,是由于温室效应不断积累,导致地气系统吸收与发射的能量不平衡,能量不断在地气系统累积,从而导致温度上升,造成全球气候变暖。

　　由于人类对能源的过度使用和对自然资源的过度开发,产生大量的二氧化碳、甲烷、臭氧等温室气体,这些温室气体对来自太阳辐射的可见光具有高度的透过性,而对地球发射出来的长波辐射具有高度的吸收性,能强烈吸收地面辐射中的红外线,导致地球温度上升,像一个大暖房,即温室效应。全球变暖会造成全球降水量重新分配、冰川和冻土消融、海平面上升等,不仅危害自然生态系统的平衡,还影响人类健康,甚至威胁人类的生存。

　　另一方面,由于陆地温室气体排放造成大陆气温升高,与海洋温差变小,进而造成了空气流动减慢,雾霾无法短时间被吹散,造成很多城市雾霾天气增多。

祈祷太阳神给予适当的魔力

祈祷人类重视呼吁

当我们走进坟墓里

给子孙留下的是美丽而不是生存的难题

2010年12月22日

2013 年 ♪

风情

我不知道你为什么执着
也不知道你为谁而歌
毫不留情地吹灭万家灯火
还不断地飞来横祸

你以各种姿势完善自我
过后又藏起寂寞
有言与无言的诉说
是爱和伤害在空间中胶着

躲在背后听拥入怀的你唱着
我随天空一起哭笑不得
是人心导致还是太阳的热
万种风情　何人能懂我

2013年4月9日

诗人的爱

心在爱的旅途
饱尝人世间的辛酸痛苦
百折不挠　永不停步

信念惩罚着坚强的心
沾泪的丝巾
渴望朝霞漫天如锦
秘密的囚笼折磨我心

灵感涌动在每个季节
雀跃的心拼搏不止
我不怨苍天
如何爱恋
我将释然　直到死亡的那一天

2013年6月15日

2016年

止不住的悲伤
—— 悼陈忠实

你我从未谋面
却怀着同样神圣的梦想
你乘白鹿远航
我却暗自神伤

我用悲伤打开
大师题字的珍藏手稿
想读
却看不清字迹

你是后辈前进的榜样
你的功绩让世人敬仰
捉摸不透的阴阳
难止我的悲伤

2016年5月5日

爱你如初
—— 写给爱妻

时光　穿梭似箭
转眼　相爱十年
一点一滴的往事浮现
如过眼的影片
幸福地　陪我到永远

每日的卿卿我我
打破枯燥的生活
偶尔一瞥
犹如轻声的诉说

短暂的离别
打乱我平静的生活
不时的关心
温暖我的心窝

无论你在哪个角落
还是山阻水隔
我都能聆听到

你的心跳和脉搏

你给我爱
让我沉醉其间
心儿追随你动
虽有磕绊
爱你依然 如初见

2016年5月16日

那杯深情的酒

第一次见面
你给我一杯酒
炙热如火
犹如你多情的双眸

第二次见面
你又给我一杯酒
醇香之味
吻了　让我难以放手

第三次见面
你再给我一杯酒
饮之微醉
醉之情浓

三杯过后
我已分不清你我
更分不清生活
醉在其中的生活如歌

你就是那杯深情的酒
与你生活之后
我情愿醉
在你怀中懵懵懂懂

2016年5月20日

相守一生

相见时的眼神
穿透我柔弱的心
丝丝浓情似海深
怎抵我爱的深沉

你给我一个拥抱
我懂了你的眼神
你给我一个吻
我全身血脉偾张

风雨同舟的时时刻刻
至美　至真
以后的一幅一帧
一生只为你　留存

2016 年 6 月 21 日

追梦的心

理想的火焰
酝酿了多年以后
毅力找不到突破的
出口

沉默不代表懦弱
放弃肯定不是最好的选择
不想为自己寻找任何借口
去磨灭拼搏的斗志

荆棘布满道路
勇气在尝试中一次次消减
不甘平庸之心
如影随形

2016 年 11 月 19 日

2018 年

你我的一片天

—— 写给同学胡杰[①]

你我相识的时候

都怀有一片天

有不同的梦想

不同的追求

总之　天

是明媚的　充满朝气的

夜晚

你我　一墙之隔

白天

我们　共同上课

时光荏苒如白驹过隙

不经意间

步入生活的轨道

我们一起写诗

谈艺

---

① 笔者与胡杰相识于1994年，他们的宿舍仅一墙之隔，他们不在同班，但经常一起上课。20多年来，他们交往不断，如良师益友。

心灵深处的乐章

一起谈天说地

你我的一片天
充满童心未泯的
诗意

你的诗意
我懂
对故乡的眷恋
对生活的热爱
对事业的追求
融入你的诗
你的情

我的诗意
你也懂

你我的一片天
谁懂

2018年4月9日

心灵的恋人

每当我提起对你的爱意
你都言语躲闪着离去
你不知道我对你有多深的情意
甚至想把一生献给你

我满腹的离愁充满醉意
我为你倾倒到失魂迷离
为什么我不能与你
相约在鲜花盛开之地

我想把深沉的情意带给你
不知你能否以宽广的胸怀与我相依
恳请你在我的心灵里栖息
我会把幸福的火种在余生熊熊燃起

2018年10月4日

心灵深处的乐章

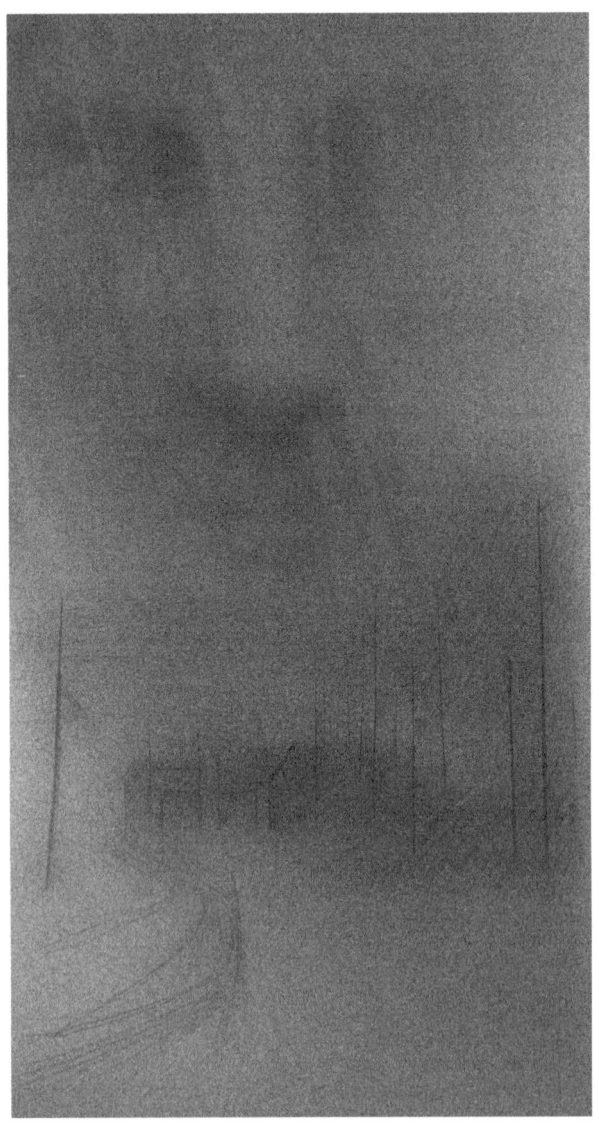

雾霾

当你来见我时
我特意不加防护
与你坦诚相待
感受你不请自来的"爱"

你亲过我娇弱的脸
及全身
再以愤怒的温柔
进入我的耳　眼　鼻　喉　肺

耳痒
　　　眼涩
　　　　　鼻酸
　　　　　　　喉痛
肺也不停地抗拒

我搓搓耳朵
捏捏鼻子
揉揉眼睛

干咳几声　烦躁顿生

细想片刻
总觉得罪不在你
不应该归咎于你
该反思的是人类自己

人类的觉醒
不能说早或晚
在预防你的同时
生活和发展还要继续

不求你能立刻消失
悲伤和欢喜存续
我不想见你
并会时刻在心里警惕着你

2018年12月9日晨

2019年

致青春的背影

当我转身的时候
我没有彷徨　没有犹豫
轻轻地　轻轻地转过
那缥缈如梦的背影

当我转身的时候
多少欢笑　多少追忆
凝结在我心底
久久不曾逝去

当我转身的时候
无论山河如何变化
草木如何更替
青春记忆永相随相依

2019年4月20日

黄河壶口瀑布

天崩地裂
奔腾嘶鸣
百万天降铁骑
排山倒海般涌进
这高原的峡谷
咆哮怒吼
激荡于天地间
这滔滔不竭之水
高潮叠浪　无止无尽
铿锵激昂　交响乐般
响彻数千年

蜿蜒千里
横亘静流
历史与现实交汇
思想和大河覆叠
这茫茫西北的回望
开天辟地　勇往直前
这里是压迫与抗争的转折点

这里是勇敢和不屈的精神源

激励着无数志士

前仆后继　奔赴

梦想的星辰大海

2019 年 8 月 23 日

2020年♪

旗帜

在病毒肆虐的风雨中
感动我的
是万众一心的全国人民
当我看到一群群
义无反顾　凛然前行的逆行者
我的眼睛
湿润了

在这恐惧又不安的日子里
我看到一面面鲜红的旗帜
插遍祖国的每一寸土地
照亮祖国人民迷失于黑暗的心

疫情在世界延续
生活还要继续
紧绷的心　不能松懈
看看那些逆行的白衣英雄
想想这些可爱可敬的人
我们怎能不尊重

伟大的生命

捍卫这面鲜红的旗帜

2020年3月9日

归来

听闻你平安归来
欣喜之情难以言表
忐忑的心
终于平静

绞尽脑汁
想不出以什么最高的礼仪
欢迎你
我最可爱的人

直到看见你久违的面容
许多的话堵在嘴边
伴着感动的泪水
盈满我期待的眼眸

2020 年 3 月 22 日

吸烟者

实在无法断绝
又一次次失信点燃
神经召唤多巴胺的分泌
激发莫名的原动力

呼吸不悦地拒绝
肺也想
抵不住来势汹汹的你
顽强地战斗到底

心与身苦苦纠缠
生命不息　难以决断
留下烟的狰狞和笑的灿烂
回荡在地狱的彼岸

2020 年 9 月 21 日

赌徒

一张张高度恐惧而紧张的脸
藏着狡黠的笑
心律不齐的跳动
时刻盘算衣袋里的钱币

浓浓的烟雾熏得睁不开眼
眩晕反射在沉闷的额头
时而沉默
时而欢笑

倔强的嗜好不断地鼓动
狂热的交易赢的是金钱
输掉的是人情友谊
甚至是名声和生命

2020 年 5 月 7 日

心灵深处的乐章

延安颂[①]

你从皑皑的雪山上走来
你从泥泞的沼泽中走来
你从穷山恶水中走来
你从枪林弹雨中走来

迎着一面面鲜血染红的旗帜
带着一双双追求真理的眼睛
带着一个民族的信仰
解救受苦受难的人民

巍峨的宝塔山下
九曲十八弯的黄河边
潺潺的延河畔
丘陵沟壑纵横的黄土高原

到延安去
曾是无数革命志士内心的召唤

[①]《延安颂》2020年7月4日发表于中国诗歌网。

三五九旅大开荒
小米步枪打东洋
三大战役保延安
打得敌人抱头窜

安塞的腰鼓　震天的呐喊
抡起的锄头　自由的笑脸
窑洞里传来喜报连连
剪个窗花花我把党来赞

多年的以后
我又来到了宝塔山
眼望这片鲜血染红的土地
我泪如雨下

掬一捧延河水
我悲喜交加
瞻现实的远景近物
我满怀欣慰

追忆革命的峥嵘岁月
激情不减

心灵深处的乐章

牢记初心和使命
我用余生去践行

2020年6月15日

2021年

我的诗为你绽放

—— 写在结婚十四周年之际

我的世界因你而存在
你是我所有的深情与爱恋
岁月赋予了你我缘分的交汇
时光荏苒　你似一只金色蝴蝶
在记忆里翩翩起舞

生活如长河静流
鳞波之暧昧与深流之激荡
包容沉淀　妥协消散
岁月是你　生活是你　爱是你

是你予我能量
予我如泉涌的文思
皆因你的爱　你的容颜　你的欢笑
你的哀愁　你的明眸善睐
你是我心中的阳光　文字间的芳香
我的诗为你盛开　为你而绽放

2021 年 3 月 15 日

惑

夜深沉　霓虹摇曳
目光游离又闪烁
酬酢幻影中的杯盘狼藉
无非欲望与生活的唱和
幻世与浮生碰杯
摇摇晃晃　荡漾着迷醉的我

呼喝抱拥　步履蹒跚
迷离惝恍于街头巷陌
逆着光影　举着杯
吼唱着深情的歌

温暖　慰藉　沉沦　冷酷……
失落的情爱　思想　尊严和生活
任岁月无情　碾过
真真假假　虚妄无存的惑

2021 年 4 月 2 日

心灵深处的乐章

党啊，我亲爱的党！[1]

我手拿镰刀锤子
在黑暗中诞生
面对白色恐怖的枪弹屠刀
我昂起高傲的头颅
毅然微笑向前

八一的枪声
像震天的鼓点
鼓动着缕缕革命洪流
滔滔不绝

井冈山飘扬的旗帜
像闪闪的星火
以燎原之势
燃遍神州大地
布满荆棘的道路上
我们血战湘江而过

---

[1] 此诗曾于2021年7月28日发表在中国诗歌网。

二万五千里的长征路
千言万语　我难以
诉说

延安　延安　宝塔山
我满怀激情地来到革命圣地
就在这里
星星之火得以燎原
革命先烈将赤旗插遍九州
百废待兴的新中国孕育而生
这是无数革命志士
抛头颅　洒热血
才得以实现的理想

欢喜过后
内忧外患
为了保家卫国
抗美援朝
可歌可泣

两弹一星
奠定国力

心灵深处的乐章

改革开放
搞活经济

党的光辉历程
已届百年
百年只不过是一个数字
百年又是一个新起点
初心不忘　使命牢记
扬帆起航　开启新征程

2021年4月13日

老家河南①

我站在秦岭之巅
俯瞰黄河奔涌心间
云台云梦　老君万仙
王屋嵩山起伏连绵②

八大古都占半壁
禹划九州古豫地
人文始祖的黄帝誉满华夏
炎黄子孙的图腾同宗同源
中原文化辐广大
伏羲八卦占天象③
文王易经变万化④
诸子百家有三家
道行其一名天下
仰韶的彩陶

---

① 《老家河南》2021年11月30日发表于中国诗歌网。
② 指河南云台、云梦、老君、万仙、王屋、嵩山等六大名山。
③ "三皇"之一太昊伏羲氏的陵庙位于河南省周口市淮阳区。
④ 据《史记·周本纪》记载，周文王被商纣囚于羑里（古地名，在今河南省安阳市汤阴县北的羑里城遗址）时推演出了《周易》。

心灵深处的乐章

闪烁着先民的智慧
二里头上演过
夏商周的壮阔
甲骨默默占神灵
佑我河南　佑我河南
数千年

习一习少林功夫
传承中华武学
练一练陈氏拳
强身健体

品一口信阳毛尖
清雅回甘
赏一眼洛阳牡丹
寓意吉祥

闲时清唱一段段
豫剧小调
淳朴活泼的民风
弥散在中原大地

2021年4月15日

月亮之思

黑夜的无情
屏蔽了我的声音
备受折磨的思念
寄托给美酒和心上人

自从你美丽的光辉
映在我脸上
我又多一种美妙的想象
同时又多么渴望

我想借着你的光亮
卸下心灵的枷锁
手捧晶莹剔透的酒杯
随你走向愉悦之路

在爱的世界里
还有江河湖海　高山和草原
试过没有你的日子
我的世界一片暗淡

2021年4月20日

恋人的头发

我陶醉于你头发的清香
在黑色的夜
撩拨我内心的悸动
缩短灵魂的距离

我不能欺骗我的贪婪
像黑夜里迷失的孩子
找到了温暖和爱
繁殖在身体里

我的天使
心中的太阳
我为你坠入爱的深渊
不要拒绝我的爱恋

2021 年 4 月 22 日

心灵深处的乐章

纪念"杂交水稻之父"袁隆平[①]

不爱吃米饭的我

今天

边吃边含泪水

不是因为米饭不香

而是它引起了我

太多的联想

一位深情的老者

手拿水稻

躺在高粱高的水稻下

做着禾下乘凉梦

更是一个让中国人吃饱饭的梦

他的心里装着百姓

也装着全世界的饥民

他心系天下

[①] 2021年5月22日,"共和国勋章"获得者、中国工程院院士、"杂交水稻之父"袁隆平逝世。为了纪念他的丰功伟绩,特写这首小诗。

可敬　可歌　可泣
所以
每当我们吃米饭的时候
别浪费一粒米
就是对他最大的尊重
和纪念

2021年5月22日

空中卫士

深情地目送你每次起落
为了祖国人民巡航穿梭
带着使命去护卫
亲爱的祖国

蓝天是你骄傲的战衣
大地是你慈爱的母亲
你是祖国护身的剑
歼灭一切来犯之敌

如果有一天
融入祖国的山河
祖国和人民
不会将你忘记

2021 年 9 月 12 日

2022年♪

佛和人生

站在苦海的彼岸
百倍地冷静
仍止不住血液沸腾的激情
与苦难斗争

善恶的双桨
驮浮一片虚无
制约着部分精神食谱
渡入半人半神的化境

摒弃仇恨和高贵
肉体和灵魂
向往宁静无欲的世界
灵魂飘出善恶的疆域

祈祷　再祈祷
顿悟　再顿悟
神圣的谎言
迷途知返的心　折磨不休的梦魇

2022年3月6日

心灵深处的乐章

魅力西安[①]

我有一个千年闻名的名字
我有一份世界瞩目的遗产
我的名字叫西安
别名　长安

八水绕我共缠绵
八景点缀我胸间
秦岭是我挺起的脊梁
关中平原是我宽阔的胸膛

逛一逛芙蓉园兴庆宫
泡一泡华清池温泉
游一游大小雁塔
走一走城墙古刹

领略领略吧
周的肃穆

[①]《魅力西安》2022年3月20日发表于中国诗歌网。

秦的威武

汉的鼎盛

唐的雄强

欣赏欣赏吧

古的雄风

古的遗韵

古的风骨

魅力的西安

多彩的西安

千年的繁华似曾相识

今朝的美景依旧如画

2022年3月8日

一粒沙

风吹起我
飞扬
飘荡
居无定所

雨亲吻我
洗刷
流走
不确定远方

我是一粒沙
也想融入肥沃的泥土
也想成为国家的栋梁
而我又是那样微不足道

2022 年 3 月 20 日

正义与邪恶

阳光照不到的地方
召唤黑夜惩罚
雨淋不到的地方
呼吁风雪渗透
雷电劈不到的地方
祈祷神灵辩护

我说的是什么
你应该知道
邪恶之徒
你也不要笑

不要以为你的什么是什么
邪恶者有邪恶存在的恶名
正义者有正义判断的是非
正义与邪恶的较量
代表了善与恶的角逐
我们坚信　正义必将战胜邪恶

2022 年 3 月 14 日

结婚十五周年记

你似玉姬的化身
拨动着美丽琴弦
荡着爱舟
向我驶来

不惧艰难
不怕闲言
并头一起
共渡凡间

匆匆十五载
深深万千爱
已出淤泥
不惧骄阳

2022 年 3 月 18 日

野草

寒冷的冬天刚刚死去
微弱的太阳也被遮蔽
回想去年的去年
四季交替

倔强的野草
躲在春色的泥底
待以时机
慢慢挺立

不怕雷电风雨
强忍沉重的压力
只要根在
何惧踩欺

2022 年 3 月 22 日

永远的爱

你把我的青春抱在怀里
用柔情扼制我的呼吸
我在黑暗的角落里
闻到操控我生死的气体

时间吞噬我哀伤的渴望
希望和情欲流进我的血里
只有你　灌醉我
才能治愈我心里的伤

如果有一天你也不再美丽
可恨的皱纹爬满你的躯体
只要我还有记忆
我依然会记得你

2022 年 3 月 26 日

鹰

我扑扇着翅膀
徐徐上升
鹰击长空
舍我其谁

平衡巡航
花草鸟兽
江河湖海
尽收眼底

俯冲而下
搏击
鹿死谁手
已定大局

2022年3月30日

爱情说

虽然是两个人的世界
苍天和大地为证
爱情的殿堂
两双眼睛对视

为她　献出一颗心
甚至生命
满怀赤忱
炽热如火红的玫瑰

爱情的价值何在
金钱和物质
能俘获某些人的芳心
也能吹灭某些人内心的烛光

爱情的真谛何在
誓言和谎言
相信蜜糖般的嘴
还是坚如磐石的真心

相互倾慕

不在于地位和财富

戴上锁链的婚姻

爱情随容颜逐渐消散

2022年3月31日

太阳

每天第一眼
我都渴望看到你
散发着迷人的光芒
是给我的笑脸

我羡慕你的光和热
不受任何限制
自由自在地
转着　还被围着

我喜欢被你暖暖地照着
别太热就行
像是依偎在你怀里
直到自然地逝去

有人把你比作神
膜拜
也有人把你比作魔鬼
诅咒

怨声载道
甚至狂妄地
用箭把你射掉

你可能不知道
太阳系你是中心
虽有八大行星环绕
你也从不迷失自己
更不过度亲密
始终保持安全距离
从不产生交集

2022 年 4 月 1 日

星光之恋

你永远不知道
在遥远的地球
有一个满腔热情的人
仰望着你的光辉

你仅仅是星光一闪
将无可媲美的光芒
洒落在
我虔诚的脸

我想向你诉说我的痛恨
我的爱憎
我想向你表达我的欢乐
我的追求

虽然我们相距甚远
我相信你能听得到
地球的愤怒

我不会掩饰我的伪善
也不会装成道貌岸然的君子
对于你　我
不会强人所难

面对你的坦诚
我寄予深情
斗转星移
仅仅是一夜的忧喜

2022 年 4 月 17 日

我是一棵树

我问天的姿势
谁人能懂
我凝望夜空沉思
谁人能解

阳光的热情在我胸中点燃
雨水将我的身体滋养
风吹　使我奋进
雪压脊梁　使我更挺拔

我不羡慕天上的飞鸟
我愿为它筑巢
我不鄙视低微的草木
我愿做它的遮阳伞

我梦想参天入云
我梦想琼枝玉叶
林海茫茫
独树一帜　何其难

心灵深处的乐章

我不喜欢婀娜多姿

也不喜欢与万木争荣

春天慢慢舒展着翠绿

秋天随风悄然落下黄叶

树高千尺

不是为了显示高大

苍翠挺拔

只是为给来人遮阳挡雨

2022年4月18日

林中小路

我伫立在林中
我的面前有许多小路
我也走过不同的路
有悲伤也有欣喜

有条小路
我不知道尽头
是繁华的闹市街区
还是荒凉的偏僻郊区

有条小路
我知道终点
通往平坦广阔的草原
遍地是牛羊

有条小路
我知道可能带给我名利
道路弯曲布满荆棘
艰难跋涉也难知后续

有条小路

我看不见

那是一条永远走不进的

心路

2022年4月20日

清晨散步

阳光带着浮云的微笑

牵着欢乐

赶走堆积的焦虑

陶醉于宁静的爱

叽叽鸣唱的小鸟

像是向心爱的鸟儿传递

蜜语

又像是为哀伤而鸣不平

悠闲的群众跳着激情的舞

羞怯的花显得更美丽

我的精神越过云霄

像云雀自由地飞

2022 年 4 月 24 日

春天

刚从颓废的世界谢幕
迎春花不惧严寒地发怒
饱尝冰雪折磨的灌木
在春风里日夜吐翠

花儿不会欺骗自己的美丽
蜜蜂的唇　甜蜜的吻
既然是美好的时刻
不能缺少爱情鸟的窃窃私语

万物不停地报告春的信息
欢快的田野上幸福在奔跑
彩云荡着春风掠过绿茵
遍地播撒快乐的种子

2022 年 4 月 27 日

我的祖国

五千年　辉煌灿烂
像一条巨龙盘踞
在地球的东方
熠熠生辉　光照寰宇

长江黄河绵延其间　如流动的血脉
秦岭昆仑太行顶天立地像是坚挺的脊梁
三山五岳像抱在胸前的沉甸甸的谷穗
万里长城环绕盘旋像舞动的丝带

我伟大的祖国
何以延续千年又千年
那是无数华夏子孙
用生命不断书写的中华文明

2022年5月4日

美丽花火

不期而遇
在那陌生的巷里
是偶然的抬头　目光触碰
心便骚动地又看了你

是造化弄人　是前世姻缘
心瞬间融化与屈服
不敢看你　又在看你
看你渐渐远去的背影
心也随你而去

人世间太多情意
千丝万缕　扑朔迷离
珍惜那偶遇刹那绽放的
美丽花火

2022 年 5 月 20 日

北斗卫星

在浩瀚的星河里
我们是一组
星地一体的兄弟
随时随地服务全球

不论是白天黑夜
还是风霜雨雪
高精度　短报文
只是我们服务的基本理念

从启动的 1994
到健康运行的 2022
弹指一挥间
凝聚多少航天人无私奉献的心血

连续　稳定　可靠
不是空谈的口号
我们不但有定星定人的制度
还有一星一事一表的机制

北斗啊　古时是我们的传奇

演绎古时的风月

北斗啊　今日的星地一体

覆盖了地球　闻名于全球

　　　　2022年5月24日

痛风有感

你来得太突然
我毫无防备
疼痛难忍如刀刮骨
恨当初没有把你记住

无奈世间的诱惑太多
贪婪的味觉　如欲壑难填
是取是舍
实在难以抉择

一次又一次的嘱托
发作了才会想起你那么关心我
现在不是你后悔懊恼的时刻
痛改前非吧　到时候别怪我冷漠

2022年5月26日

中年感言

跌跌撞撞地走到现在
摸爬滚打地直面生活
已到中年的我
如昔日暗淡了的云彩

走着没有希望的仕途路
看着人世各色违心的笑容
总结过去也没有帮助
剩下的希望是坦途

不要感叹权威和荣禄
只要心中的理想不被摧毁
卸下为人那痛苦的镣铐
厚重的历史能给予我希望的宏图

2022 年 5 月 29 日

乾陵无字碑

是非功过
一字未说
千年后的我
满腹疑惑

我真诚地望着
联想抚摸
激动满怀话太多
又不知从何而说

后代有人宣泄私刻
不代表就是正确的
漫漶不清如糨糊胶着
观念不明　沟通无果

是非与功过
留给后人评说
泱泱中华
上下数千年

历史上你是第一位

留下了传奇的女皇

2022年6月16日

心灵深处的乐章

致敬消防英雄

急促刺耳的警铃循环往复
义无反顾地疾速出战
心中只有一个信念
赴汤蹈火在所不辞

慈母盼我早点回
妻子念我流眼泪
孩子撕心裂肺地哭喊
打湿了我激动的眼

安全重于泰山　防患于未然
我祈祷悲剧不再重演
我为祖国随时出战
我用生命为人民守护安全

既然人生与火有缘
那就让我在烈火中勇往直前
我愿为忠诚而战
我时刻准备着奉献

幸福的天地绽放着人民的笑脸

我以热血浇灭无情的火焰

2022 年 7 月 8 日

秋叶

你的脸上已长满干裂的纹路
在生存的空间逐渐萎缩沉沦
感受季节的洗礼和夜的体温
寂寞中流动着微弱的气息

站在你失意的眼底
聆听生命的私语
你看着我　我读着你
共享秋风一袭

你不忍与树分离
我思念远方的亲戚
尘世的缘分如一场苦旅
随宿命一起悲伤欢喜

2022 年 9 月 13 日

寒露

秋风渐萧瑟
秋叶含泪别离
翩翩起舞弄清影
千般不舍终离去

干枯在树上的蝉
回想一生的宿命
夏天静美地嘶鸣
内心波澜不惊

空气躁动不安
不停变幻的天
蒙眬的眼
冷气丝丝迎霜寒

草木衰菊花忙
绝色群英争艳竞放
秋风涤荡着寒意
潜入晨曦暮阳

日头多了倦意　山巅的红叶
已来不及回望
烂漫与斑斓的远方
一片苍茫

2022年10月8日

十月

嗅着桂花的余香
缠绵在十月的山野
闭目深呼吸
那满是金秋的气息

我想起故乡的平原
弥漫着阳光与浓郁的清香
阡陌田间　奔跑欢笑
离别的光影　在记忆中斑驳

夏末池塘的虫鸣
被夜风吹皱的忧伤
十月闪烁的夜空
如何能懂我长久未静的热情

那是最依恋的温暖
秋风吹乱了我的思绪
我在风雨中追赶
谁能了却我梦中的遗憾

站在山巅遥望故乡的平原

思念是满天的云彩

"看到了吗"

你指着天灿烂地笑

"那朵是我的容颜"

2022年10月10日

祛疾

假如你热情地来到我的身体
我会把不安和恐惧强行驱去
我找不到可以憎恨的语句
描绘世人对你的恐惧

你在我的身体
犹如我在痛苦的地狱
喉咙不堪刀割火烤般的折磨
我拼尽全力把你消灭在囚笼里

我为了心中的太阳呼吸
不断地拼搏着追求真理
我相信人类生命的根基
祈祷世人今生不与你相遇

2022 年 12 月 15 日

2023年

情人

把爱的细节
在心里放大停歇
依旧钟情　打不开心结
感受微妙　令人难以抗拒

想你如同在梦幻的季节
我的脸如此通红如血
五彩缤纷的笑脸在夜空浮现
美若天仙　惊鸿一瞥

不安的灵魂回旋
蠢蠢欲动
理性剪断风筝的细线
斩断躁动不安的情缘

胆怯不是无情的
爱有风情万种的表现
不渴望非要相见
有没有情　时间检验

　　　　　2023 年 2 月 14 日

脸

幼年时
父亲严肃的神情
母亲慈祥的脸
捉摸不清
时而显现

上学时
同学们不同的目光
老师变化无常的脸
背后之眼
忐忑不安

长大后
同事们冷暖不一的眼
领导不可揣测的脸
稀松平常
视而不见

对镜自语

看这张一生不变的脸

无奈地傻笑一番

无忧无惧

苦乐无边

2023 年 2 月 15 日

因你而精彩

你像一束炽热多彩的光
照亮我情路的前方
像黑夜的星敞开心房
钻入我孤寂的天堂

我沉醉于对美景的渴望
太阳月亮沉睡
我迷失在一无所求的光阴
酷似凋零的叶子在黄昏飘飞

仕途上掉进被遗忘的冥河
难以透气
是你的芬芳激情
激发我的斗志

只要你的爱永在
我不再昏昏地沉入梦幻
我会让你赞赏我　羡慕我
这一切　皆因你才精彩

2023年2月22日

缘分

我知道缘分让你等
在心甘情愿的心房
时光的种子
多情地撒落　岁月的牧场

我的寂寞像条鱼
游荡在黑暗的海底
如果不是海的情感决堤
我们不会浪漫地相遇

你的激情像飞鸟
无目的地到处寻找
温暖的巢
生活在希望里变老

彼此等待
何种凄苦
消解心的暗影
渗入爱的烟火日暮

2023 年 3 月 9 日

晚霞

你是迷离梦幻的云
暧昧温存的暖
与最美的你相遇
不是每天都有惊喜
每一个黄昏的对视
都有我对梦想不同的期许

我强装有庄重的仪式感
信誓旦旦地许下诺言
不去考虑
它能否实现
刹那的幸福
即是长久的温暖

你光影下的大地美轮美奂
一座座城市伟大绚丽
一列列高铁风驰电掣
繁华城市　辉煌的盛世

我敬畏苍穹深邃的美丽

我想用最美的诗句描绘不同的城域

奔向旅途的画面幅幅令人着迷

燃烧的霞衣映射繁华的暗喻

2023 年 4 月 7 日

城市之眼

头顶日月苍穹
我站在城市的高楼巷陌
目光如炬　穿过
风雨烈日　黑夜迷雾
俯瞰世界的错综复杂

市井烟火　花荣草枯
人世繁华　四季朝暮
万物如尘　过隙白驹
城市的真实历历在目

相信我 每一眼都是真相
温暖或凶残　灾难与杀戮
直面这世间真实的社会及人性
识别分析的数据　可控可变的未知

我的严密丝毫不漏
紧盯观察的精神不能丢
我的队伍越来越壮大

平安和谐还需要我们来守候

如果没有我安心坚守
罪恶的暗流
赞美和诗的风景
难免会变成狡辩和说谎者的借口

      2023年4月30日

股市情迷

我的眼里满含泪水
因为我爱你爱得着迷
海浪打不碎我远航的梦想
狂风吹不动我山一般的心绪

不管你是红是绿
我都会追随你
不管你是收盘还是开盘
我都满心欢喜

沉浮不定的身影
似魔鬼舞蹈
错落无序的神秘曲线
犹如仙人谱写的乐曲

想说爱你不容易
因为我无法了解你的心迹
想说恨你又情非得已
因为你的魅力依然让我着迷

熊也匆匆　牛也匆匆
爱恨交织心中
有你　我心如负重
无你　我一身轻松

2023年5月18日

阴郁的五月 ①

你在我不需要你的时候
不停地亲了又亲我的额头
虽然我不能拒绝
也难以躲避你的喜悦

我的愤怒谁能理解
从心房到发梢
阴郁的眼
充满了对你的幽怨

我的身体浸在五月的泪水里
全身霉变
回想初时那彩虹的梦
令我炫目的炽热的光

你的恶吻破碎了我的美梦

---

① 2023 年 5 月下旬,在小麦等待收割的时间里,河南某地因连续降雨,导致小麦发芽发霉,产量锐减。

我仍然心急如焚地等待

等待着机械轰隆

等待着金色的丰收

也不知是谁故意作祟

敲响了五月不祥的钟

2023年5月28日

跋

青眼望吾友

高春青

> 人的灵魂可以被磨炼，也可以被污染，人的精神可以变得高尚也可以变得卑微，这取决于我们的人生态度，就是我们准备怎样度过自己的人生。
>
> ——稻盛和夫

我认识李友时，他已经出版了散文集《人行丛林》和诗集《梦想的天堂》。我从内心认定他的灵魂是被磨炼过的、高尚的，是一个有理想、才华出众的年轻人。当时，我被这个才华横溢的青年深深地吸引，内心有一种莫名的冲动和激情，毅然决然地放弃了稳定的工作，从郑州奔西安和他走到一起。

十几年来，我们一路风雨，艰难又快乐的时光给我们的生活增添了许多美好的记忆，使我们的心性得到了磨炼和提升。每一天的努力，不懈地工作，都为了更好地提升我们的人生价值。

受他的影响和激励,学习上,我不断奋进,陆续考取中级会计师、注册税务师、高级会计师等证书;同时,利用业余时间上了西安交通大学的第二本科学历,拥有了双学士学位;工作上,我一步步从一名普通的会计人员,成长为上市公司的财务总监,如今在一家国企子公司任职。

脚踏实地,仰望天空。李友是有梦想的,他追随内心、成就理想的愿望非常强烈,并为实现自己理想制定了详细的十年计划。眼看日期一年年一月月一天天地逼近,他的计划却在希望中一个个落空。我有时在想:是否我们的生活过得太安逸,他没有了创作的激情;是否因工作太忙了,影响了他的创作?为了激发他的创作激情,我们经常出去游玩,希望能为他的创作提供素材和灵感。十六年来,他除了书法不断精进,诗歌没写过几首,他说没有灵感。但有时见他晚上突然爬起来写东西,有时见他在手机上写着什么,时而欢笑,时而悲伤,有的诗写好后还要听听我的意见并让我帮忙修改。

今年他说要出诗集,我很意外,以为他这十几年没写过几首,还曾经旁敲侧击说他不求上进。他的朋友不断出书,他常受刺激,但苦于没有好的作品。去年过完年,他开始默默整理十几年来写的诗歌,重新审定,一边整理一边创作,耗费了大半年时间。整理完毕发现作品竟有六七十首,这让我又惊又喜,原来他不是我想象中那样不求上进的爱人,他还是我当初喜欢的样子。他没有急功近利,有时写不出作品,烦躁不安肯定是有的。工作上琐事太多,甚至枯燥无味,哪能静下心写诗歌。为了缩短理想和现实的距离，实现自己的梦想，证明自己的灵魂是经受锤炼的，他不断积累，日复一日，年复一年，不断释放自己内心的灵感。

写诗能给他带来至高无上的喜悦和快乐，不只是成就感和充实感，否则他的内心会感到空虚，有缺憾。我能感受到他写出一首诗后的喜悦心情，也能体会到他几年写不出一首诗的低落情绪。他看到同道们接二连三地写诗出书，经常会自我反省，时刻提醒自己，激励自己。就这样一天天、一年年地不断积累，他沿着梦想之路向我们走来。

除了写诗，他还看书练字，以前经常爱逛书店买书，现在每年他都要从网上买很多他喜欢的书。记得我们结婚时，我想给他买个结婚纪念品，他说不要太物质的，只要求我给他买一套《中国书法史》。结婚典礼上，我把他喜欢的《中国书法史》捧给他时，他满脸惊喜，眼泪不停地在眼眶里打转，能看出他对书法有着挚爱。

他经常把写好的书法作品让我品评，我不太专业，只能凭个人审美评判。早些年他经常感叹，说自己的书法进步太慢，那时他经常练的是米芾、文徵明、王铎的行书和汉代隶书碑帖《石门颂》《西狭颂》。我说你练的那些帖，不太符合你的个性，也练不出自己的特色，你不妨练练草书，草书能表达你豪放的情感和恣意的个性。我也就随口说说，他就听取了我的建议主攻草书，十几年如一日，颇有成效。

我一直建议他出本书法集，算是给自己这么多年来练字的成果做一个总结。他总觉得自己的书法水平没有达到出书册的要求,一拖再拖。2022年他主动提要出书法集,问我意见。我说你出书法集,我全力支持,资金问题不用多虑。春节过后,他就开始把以前的作品拿出来,他自己先挑选淘汰一部分,又让我帮他挑选淘汰一部分。我没想到他这么多年积攒的满意作品还真不少,整理期间他又创作了一些作品,经过半年时间总算把稿件集齐。2022年11月,《流淌的心迹——李友书法集》由陕西人民美术出版社出版。

有段时间,我心情不好,为了排遣内心的忧郁,他建议我练习书法,摹写篆书。我发现书法确实有使人内心平静的魔力,不求能有多大成就,但作为一项个人爱好,能排解烦恼,使内心平静足矣。书法能透过字体表露一个人的心性,复杂又高深,远不止我们表面看到的那么简单。

在我眼里,李友是一位作家,也是一位书法家,他的书法里有诗意,结体也有诗的韵律;他练习书法的性情和意境,也通过他写的诗歌字里行间流淌出来。

写到这里,如果有人问他的诗歌里写了什么,表达了什么,我只用一句话来概括:他在诗里追寻自己人生的价值和意义,让自己在有限的生命里绽放出永恒的光彩。

2022年12月12日

(高春青,为本书作者李友先生之妻子。)

后 记

我等待着,等待着花开,等待着叶落,等待着春去秋来,等待着雨雪风霜,等了十六年,终于等来了第二部诗集的诞生。从2006年我出版第一部诗集《梦想的天堂》至今,已经过去了十六年。蓦然回首,总感觉是十几个月,甚至十几天,仰首闭目思量,五味杂陈。当初的理想、信念、追求等美好憧憬,在现实的长河里被打击得体无完肤,湮没得无影无踪。出版第二部诗集的梦想随着时间的推移逐渐淡化,计划的时间赶不上变化,一拖再拖,那种感觉叫有心无力。但还有一点好的就是,内心那点不灭的火苗从来就没有熄灭过,它在我心底慢慢地复燃燎原,直到我把心灵深处发出的声音,用诗的语言一句句一首首地转化而成。

诗歌是我内心深处的力量,它贯穿我身体的每一个神经末梢,也是我灵魂得以升华或者存在的另一种形式。《毛诗序》指出："诗者，志之所之也。在心为志，发言为诗。情动于中而形于言，言之不足故嗟叹之，嗟叹之不足故永歌之，永歌之不足，不知手之舞之，足之蹈之也。"一个人为什么写诗，写什么样的诗，表达什么样的心情，《毛诗序》里的解释简单明了。

我从1994年开始发表诗歌，2006年出版第一部诗集，用了十二年。出版第二部诗集用了十六年，我每写一首诗都在末尾注上写作时间，根据写诗时间来看，中间有三四年时间没有写过一首诗。其实也想写，非常想，就是找不到灵感，有时候一天写一首，甚至连续好几天一直写。为了写《乾陵无字碑》这首诗，我去乾陵两次，两次的时间间隔近二十年，写了好多遍，毁掉重写，写了又毁掉，总找不到灵感的切入点，最后一次才一气呵成。有几首诗写好后总感觉哪里不满意，修改几次后还是不满意，最后只好选择放弃面世。

生活中我不仅要锻炼眼力，还要磨炼灵魂，拿自己灵魂的尺度去丈量物化的本质。对待生活，我不仅有一腔热情，还注重生活中的细节，不断地丰富积累。假如我用一颗冷漠的心看待生活，那么我的灵魂也不会充满激情，更不会开出梦想之花。我对生活的态度，内化为我对诗歌的追求，折射出我追求的人生境界。是的，但是不同的生活态度，会通往截然不同的境地。

我的诗，写的是我的理想、愿望、追求、感情、意念等等，与现实人生相关的各种心理活动。从爱情到友谊，从怀念过去到憧憬未来,从朦胧的愿望到明确的追求,从转瞬即逝的情绪到爱国、爱人民的坚定信念,等等,都属于我创作的内容。这些内容伴随感受越过生理层面渐而进入精神层面。

雪莱说:"诗是最快乐、最美好的心灵在最美好、最快乐的时刻留下的记录。"我把体会到的快乐和美好的感情用语言传达给人们。好诗应该是从心灵深处直接涌现的思想、激情。

诗歌的每一个词语、每一句、每一首,就像是我心中和谐美妙、长短不一、抑扬顿挫的音符,那是我用深情和意念谱写的乐章。如果用真心去触摸我的诗歌语言,你就能听到我心灵深处的乐章。

此诗集得以顺利出版,仰赖于众亲友的支持和帮助。在此,感谢中国作家协会副主席、陕西省作家协会主席、著名作家贾平凹老师为本诗集题写书名,感谢中国作家协会诗歌委员会委员、中国诗歌学会副会长、陕西省作家协会副主席、《延河》杂志社社长兼执行主编阎安老师为本诗集撰写序言,感谢著名诗人、词作家、音乐电影导演赵凯云同道撰写序言,感谢妻子高春青的大力支持并撰写跋。

李　友

2023年6月10日